TROISIÈME PHILIPPIQUE.

AUX MINISTRES.

Par N. Parfait,

AUTEUR DE LA RÉPLIQUE A BARTHELEMY.

*

Les ministres sont responsables.
(CHARTE-VÉRITÉ.)

*

PARIS,
AU PALAIS-ROYAL;
ET CHEZ L'AUTEUR, RUE ST.-MÉRY, HOTEL JABACH.

MARS, 1833.

A bas les ministres!....

Cri populaire.

On prétend que, dans un gouvernement constitutionnel, le roi n'est qu'une machine, qu'un pantin couronné, dont les ministres tiennent tous les fils, et qu'ils font mouvoir à leur gré, rien qu'à leur gré.

En effet, nous savons tous par expérience, que, lorsqu'un roi s'entoure de conseillers, il adopte et soutient aveuglément leurs résolutions, rarement bonnes, trop souvent mauvaises.

Le passé l'a prouvé, le présent le prouve encore.

Mais le peuple doit-il en souffrir? Oh! non, certainement, ce serait nier ses droits, ce serait outrager sa souveraineté.

Malheur! malheur au monarque imprudent qui ne sait pas choisir ses hommes! Malheur! malheur à lui, s'il s'entoure de Polignac!...

Le peuple froissé ne voit qu'une seule tête qui surpasse toutes les autres, et celle-là sert de but à sa colère, car, pour la reconnaître, il lui incruste un cercle d'or au front!

Or, je le répète encore, et je le répèterai

toujours, il y a incompatibilité entre le régime constitutionnel et la souveraineté populaire; parce que le Peuple ne veut ni d'une quasi-liberté, ni d'un quasi-despotisme.

Et nos hommes du lendemain l'ont bien pensé, quand ils sont venus nous jeter perfidement à la tête leur trône populaire entouré d'*institutions républicaines :* on a beau dire, la France est assez mûre, (puisque mûre il y a), pour le républicanisme; c'est faire injure aux progrès et à la civilisation de notre siécle, que de lui refuser cette matûrité.

Certes nous savons qu'il est nombre de gens qui, au seul mot de République, crient anathème et malédiction : pourquoi? C'est qu'ils font de ce mot un logogriphe où ils trouvent deuil et sang, terreur, échafauds et massacres...

Mais que nous importent ces absurdes clameurs?

Nous leur répondrons, nous, confians dans notre avenir, à ces gens qui n'y découvrent que des crimes et des larmes, nous leur répondrons, dis-je, par cette maxime si sublime et si vraie :

« La République est comme le soleil; aveugles sont ceux qui ne voient pas ses rayons! »

Il en est d'autres encore qui, froids temporiseurs, voudraient éteindre nos chaudes inspirations, paralyser notre exaltation tranchante, pour nous ramener dans une route usée par les entraves de la politique : eh bien ! à ceux-là nous leur dirons comme Mirabeau :

« Respectez notre enthousiasme; c'est l'enthousiasme de la liberté! »

Les temps, d'ailleurs, ne peuvent plus tarder à s'accomplir; tout l'univers est en combustion, et les peuples entrevoient déjà, dans la nue, le messie, trop long-temps attendu, qui doit resserrer les liens de leur fraternité!

Oh! comme il sera béni le jour de sa venue!

Alors, plus de jours déchirans, plus de nuits dévorantes; nous revivrons dans un autre âge d'or et

Si, troublant cette grande fête,
Le sort nous rejettait un roi,
Qu'avec les tables de la loi
Le peuple écrase sa tête!!!

Laissez faire : attendez! sur un feu dévorant,
Je prépare à leurs corps le gril de Saint-Laurent!
Pour que la France en deuil, par eux assassinée,
S'énivre des parfums de leur chair calcinée!!

Allez! ne croyez pas que ces Dieux du pouvoir
De ma jeune ferveur ne puissent s'émouvoir!
Qu'ils se disent trop grands pour les coups d'un poète,
Leur teint cachera mal la blessure secrète;
Ils auront, dans le sein, mon formidable écho;
Je serai, pour leurs nuits, le spectre de Banco,
Mes doigts tenailleront leur sommeil : d'un seul geste,
Je glacerai leur chair sur le lit de l'inceste,
Et j'irai, m'asseyant à de larges festins,
De l'arsenic du vers brûler leurs intestins....

(*Némésis.*)

AUX MINISTRES.

Fidèle à mon serment, guidé par le devoir,
Je reviens, face à face, attaquer le pouvoir;
Une troisième fois, pour ma sublime reine,
Courageux chevalier, je descends dans l'arène;
Dans ce duel à mort, politique tournoi,
Il faut une victime; ou le pouvoir ou moi...
Que mon lâche adversaire ait pour lui l'insolence;
Qu'il agisse en félon, par ruse ou violence,

Si j'oppose la force à ses armes de cour,
La tombe est mesurée à ce géant d'un jour !

Dans le cadre nouveau, que j'apprête à la haine,
C'est pour vous qu'aujourd'hui mon burin se promène
Ministres avortons, de la doctrine éclos ;
C'est vous, royaux sujets, que j'appelle en champ clos.
Allez ! ma jeune ardeur saura bien vous confondre !
Vos masques de Janus, mon vers chaud va les fondre,
Et, perçant votre sein d'un fer accusateur,
Toujours vous aurez là ce sanglant tourmenteur

Depuis deux ans et plus, que, les genoux en terre,
Nous adressons des vœux à chaque ministère,
Qu'avons-nous obtenu ?... du dédain, des mépris,
Un système bâtard, une paix à tout prix !!

C'en est trop : levons-nous ! plus de prières vaines,
Plus d'inutiles vœux, d'impuissantes neuvaines !
D'un joug inopportun sachons nous affranchir !
C'est à nous d'ordonner, aux grands seuls de fléchir !
Oh ! c'est que la Souffrance est fille du Courage :
On peut la faire taire, on n'éteint pas sa rage ;
Quand elle a supplié long-temps ses doigts crispés
Déchirent les bourreaux que sa main a frappés !
Oui, sous l'habit doré, sous le masque des prêtres,
Le peuple est aujourd'hui las d'implorer des maîtres ;
Aussi ne croyez pas, Séjans à petit-pié,
Que j'abaisse ma voix à vous crier pitié !
La fille de Juillet, ma noble et sainte idole,
Ne m'inspira jamais une indigne parole ;
Pour maudire la pourpre et bénir les haillons,
Elle enhardit ses fils en brisant leurs baillons !
Et puis, le temps n'est plus de souffrir et se taire,
Car la voix du volcan toujours gronde au cratère,

Car sous le trône encor le feu n'est point éteint.
Non, non, le temps n'est plus où tout bas l'on se plaint:
La déesse proscrite a souffert trop de honte;
Elle a bu trop de fiel, elle en demande compte:
Pour lui purger le sein de ce mal corrosif,
Il faut frapper un coup, mais un coup décisif!!!

Avant donc qu'ait sonné l'heure de ma sentence,
Je veux vous juger, moi, Judas de notre France,
Prête-noms éhontés d'un monarque banal!
Au forum, devant tous, j'asseois mon tribunal
Là, comme accusateur la liberté se dresse,
Elle n'a pour témoin que le pauvre en détresse,
Son jury, c'est le peuple, aux arrêts tout puissans,
Et son code, la loi de l'éternel bon sens.

O doctrine! ô système impénétrable, occulte,
Maudit soit le premier qui te voua son culte!

Maudit soit le premier qui, reniant son Dieu,
Encensa ton Veau-D'or, né du juste-milieu!...
Qui donc l'expliquera l'étrange idolâtrie
De ces cœurs apostats qui n'ont plus de patrie?...
Qui donc pourra sonder le profond réservoir
Où dort, enseveli, ce secret du pouvoir?...
C'est un cloaque infect, c'est un bourbier qui souille
Et celui qui s'y traîne et la main qui le fouille;
Plus du fangeux marais on pénètre le lit,
Plus la vase est épaisse, et plus on se salit.
Et c'est pourtant, hélas! au fond de cette ornière
Qu'ils ont laissé croupir notre noble bannière;
C'est-là, dans cet égoût, qu'est venu se plonger
L'honneur des nations qu'ils ont fait égorger!!
Oh! retombe mon fiel sur eux et sur leur race!
Que de ses doigts de feu le remords les embrasse,
Et que rongeant leur cœur, si cœur ils ont encor,
Tous mes vers soient pour eux des Boa-Constrictor!!

C'est bien! j'ai mesuré mon fer à votre taille,
Ministres, masquez-vous de votre valetaille!
Couverts, ou dépouillés de voiles imposteurs,
Je n'en dirai pas moins les prévaricateurs.

Oui, je dirai : Celui qui pour fêter la Vierge,
Un jour suivit le dais et s'arma d'un long cierge (1),
Celui dont Charles dix avait reçu la foi,
Et qui depuis, *sujet féal* d'un autre roi,
Machine les complots de sa diplomatie,
Celui-là, je dirai : c'est *Soult de Dalmatie!*
Soult, duc et maréchal qui reçut plus d'affronts
Que tous les courtisans de taches sur leurs fronts!

Et, quand notre horizon perdit son météore,
Celui qui lacéra l'étendard tricolore (2),

Qui maintenant, ô honte! entraîne à son égoût
Les arts qu'il a proscrits, celui-là : c'est *d'Argout*,
D'Argout qui se raccroche à chaque ministère,
Comme au tronc pourrissant un goulu ver-de-terre.

Celui-ci qui, jadis exalté montagnard,
Jura mort aux tyrans sur le fer d'un poignard,
Avocat furibond qui, secouant sa chaîne,
Voulait noyer les rois dans son torrent de haine :
C'est un traître : à la cour on lui doit des respects;
Ses titres les voici : l'édit sur les suspects;
La loi d'état-de-siége et les viols de la Charte;
C'est l'ex-carbonaro, c'est le renégat *Barthe*;
Qu'il tremble! un jour viendra quelque *frère* vengeur
Lui demander son sang pour payer son honneur!
Car on se lasse, enfin, de toujours dire : Infâme! (3)
A celui qui vendit et son corps et son âme.

Voyez cet autre encor, ce rhéteur intrigant,
Qui prêcha les trois lys dans son journal de Gand, (4)
Et qui s'est fait Judas sans frapper sa poitrine,
C'est l'effronté *Guizot*, le chef de la doctrine!
On dirait, lorsqu'au centre il plonge un œil hagard,
Qu'il a comme Enfantin *la force du regard*. (5)

Le cinquième héros de cette ignoble bande,
C'est le fisc incarné, c'est l'homme-contrebande,
En un mot, c'est *Humann*, au grotesque jargon,
Caissier digne, en tous points, de son maître Harpagon. (6)

Le sixième, celui qui complique et qui gère
Le noir imbroglio de la chose étrangère,
C'est l'absurde *Broglie*, être vivant d'erreurs
Qui dispense aux *ventrus* ses paniques terreurs.
Hier, de la *Gazette* énumérant les listes,

Il a su déterrer des milliers de carlistes,
Tout prêts à ramener, sur les *lys* triomphants,
La mère incestueuse avec ses trois enfants.

Passons sur le suivant dont l'or hypothécaire
N'a pas su racheter le bilan de son frère : (7)
Epargnons l'amiral sybarite-marin,
C'est la poule-mouillée aux eaux de Navarin.

Et ce dernier enfin qu'au mât du ministère
A, de ses bras nerveux, hissé le prolétaire,
Cet ingrat publiciste, aujourd'hui parvenu,
Qui ne sait plus qu'un jour le peuple le prit nu,
C'est Thiers, *le brave Thiers*, que mons *Viennet* conseille,
Encore un apostat! un de plus! ô Marseille! (8)
O ville, jusqu'ici vierge de tout affront,
Thiers et Barthélemy te salissent le front!

Eh bien ! qu'opposez-vous à ce réquisitoire ?
C'est le tableau vivant d'un noir feuillet d'histoire !
Oh ! ministres, tremblez ! car ce hideux portrait
Au peuple qui punit vous a peints trait pour trait!
Et ce peuple, il pourrait, grandi par la souffrance,
Venir vous demander : où donc est cette France
Dont ma triple victoire avait séché les pleurs
Et que je baptisai : la reine aux trois couleurs ?
Pourriez-vous, sur la lave à peine calcinée,
Répondre impunément : elle est assassinée !
Dites ? si poursuivant ces pénibles débats,
Le géant vous criait : où sont les Pays-Bas ?
— Avec l'Espagne aux fers; — et l'Italie? — esclave;
— Et la Pologne enfin, la Pologne si brave,
Est-elle aux fers aussi, dirait-il, répondez ?...
Vous vous tairiez alors, de terreur obsédés,
Mais des Balkans plaintifs la gorge abandonnée
Lui répondrait pour vous ; ils l'ont assassinée !...

Assassinée, ô deuil! sans honte, sans pitié,
Quand leur diplomatie enchaînait l'amitié!...

Oh! croyez-vous qu'alors, étouffant sa colère,
Vous pourriez arrêter le grand roi populaire?
Croyez-vous, courtisans, que votre front vassal
Ne serait pas broyé sous son pied colossal?...
Non, vous savez trop bien qu'il faut qu'un des deux tombe,
Qu'il faut qu'un des vaincus dorme sur l'hécatombe;
C'est un duel à mort: l'adversaire vainqueur,
S'il veut rester debout, doit frapper l'autre au cœur!
Allez! il n'est pas loin le jour de la justice!
Il faudra que bientôt son heure retentisse
Avec le glas de mort, funéraire beffroi
Qui convoque le peuple à la chûte d'un roi...
Trop de partis divers, déchirent la patrie,
Des fils dénaturés l'ont trop longtemps flétrie;

Vive, beuglent les uns, Philippe-d'Orléans!
Vive Henri de Béarn, grince un ramas de chouans!
A bas! crie à son tour le pays en souffrance,
Victoire au seul parti qui criera vive France;
Et celui-là, du moins, marche dans l'équité,
Car, en voulant la France, il veut la liberté.

Mais pourquoi s'arrêter encore à vous confondre,
Pourquoi dire son crime à qui n'y peut répondre?
Tranchons sans plus tarder ces ignobles débats;
Ministres, vous flétrir, c'est descendre trop bas.

Essayons nos pinceaux, pour un sujet plus digne,
Au cadre que, du doigt, l'avenir nous désigne,
Avec son horizon, prismé d'or et d'azur,
Et l'astre de la France au fond de son ciel pur.

Ce tableau là si frais, dans ces instans d'alarmes,
Peut reposer, du moins, nos yeux ridés de larmes,
Nos yeux endoloris par des nuits sans sommeil,
Des matins sans aurore et des jours sans soleil:

Comme un trône brillant par sa forme inconnue,
La voyez-vous surgir cette éclatante nue
Qui d'un sublime vol, plane vers la cité,
Pour la couvrir bientôt de son immensité?...

Quel mage, quel devin, quel profond astronome
Expliquera ce signe? Est-ce le Fils de l'Homme
Qui vient, pour accomplir les grands destins prédits,
Réveiller en sursaut la cendre des maudits?
Non; mais c'est un Messie envoyé sur la terre
Par le Dieu juste et bon, le Dieu du prolétaire

Qui brise aux mains des rois leur sceptre ensanglanté;
C'est la vierge aux bras nus, la sainte liberté,
Ange qu'un peuple implore au milieu des tempêtes ;
Qu'importe que sa foudre aille froisser des têtes ;
Qu'elle imprime en tombant de sanglans ricochets ?
Les têtes des tyrans ne sont que des hochets.
Lorsqu'un pays, lassé par des suppliques vaines,
Sent la fièvre de mort bouillonner dans ses veines,
Il cherche le fauteur de ses jours orageux,
Car lui seul doit servir ses homicides jeux ;
Car, au peuple affolé par tant de funérailles,
Il faut une vengeance, il faut des représailles,
On doit frapper au cœur, celui qui frappe au flanc,
Le sang versé, toujours fut payé par le sang.

Oui, mais, lorsqu'oubliant et la foudre et l'orage,
Le lion a versé l'écume de sa rage,

Lorsqu'il n'a plus de fiel qui lui bouillonne au cœur,
Il s'arrête il pardonne en généreux vainqueur;
S'il écrase à ses pieds l'audace qui l'offense,
Jamais il n'effleura l'ennemi sans défense;
Debout sur un pavé, dans les civils combats,
Il repousse l'attaque et n'assassine pas.

Félons! vous le voyez, sur une chaude enclume,
Le Vulcain de la haine a retrempé ma plume;
Elle est déjà d'acier, de fer brut qu'elle était.
Bientôt, demain peut-être, envenimant son trait,
Pour vous frapper encor, je la ferai de bronze....
Attendez, quand sur Mars le temps aura mis ONZE, (9)
J'irai, non m'accuser au criminel palais,
Mais comme Spartacus, vous rendre vos soufflets!

(1) . . . Celui qui, pour fêter la vierge,
Un jour suivit le dais et s'arma d'un long cierge.

On sait que le maréchal Soult fut choisi pour tenir un des glands du dais à l'une des processions commémoratives du vœu de Louis XIII. Cette procession se faisait annuellement le jour de l'Assomption.

(2) Celui qui lacéra l'étendard tricolore.

C'est un fait trop connu pour que je le détaille ici; M. d'Argout d'ailleurs ne s'en est jamais défendu, non plus que d'être le plus ardent détracteur de la liberté des théâtres.

(3) C'est l'ex carbonaro, c'est le renégat Barthe.

Il me semble que c'est assez en dire; le traître n'est plus un homme, c'est une marchandise.

(4) . . . Ce rétheur intrigant, . . .
Qui chanta les trois-lys dans son journal de Gand.

M. Guizot était rédacteur du *journal de Gand*, et manifestait alors le plus ardent amour pour la famille déchue. C'est encore un de ces hommes peu soucieux de *prêter* quinze ou vingt sermens, pourvu que leurs trahisons servent leurs intérêts.

(5) . . Comme Enfantin. . . .

Je ne prétends point, par cette allusion, condamner la religion Saint-Simonienne, tout entière : j'ai voulu seulement signaler un de ces nombreux ridicules; elle prêche, il faut de bonne foi en convenir, un grand nombre de dogmes admirables par leur sagesse et leur moralité.

(6) Caissier digne, en tous points, de son maître Harpagon.

Voyez pour l'intelligence du mot *Harpagon*, le réquisitoire du procureur-général dans le dernier procès du *Corsaire*.

(7) . . . . . Dont l'or hypothécaire
N'a pas su racheter le bilan de son frère.

M. *Rigny*, *frère* du ministre de la marine et promu par ce canal, bien plus certes que par ses talens, à la préfecture d'Eure-et-Loir, vient de quitter Chartres sans tambour ni trompette, et sous le prétexte banal d'un *long voyage*; c'est ce qui peut s'appeler : *mettre honnêtement la clef sous la porte.*

(8) . . . O Marseille ! . . .
O ville jusqu'ici vierge de tout affront !
Thiers et Barthélemy te salissent le front ! !

M. Thiers et M. Barthélemy sont tous les deux nés à Marseille; c'est Thiers qui a acheté Barthélemy, c'est Thiers qui nourrit les débauches de Barthélemy, c'est Thiers qui, chaque jour, nous escamote pour sa police des millions dont il s'enrichit, et c'est Thiers enfin qui, seul, a imaginé, monté et mis en scène la grotesque parade du pont Royal.

(9) *Quand sur Mars le temps aura mis* ONZE.

J'avais eu l'intention de faire suivre cette publication du procès intenté à ma *première Philippique;* mais mon affaire qui devait passer dans la première quinzaine de mars, a été remise, ainsi que plusieurs autres, à la seconde, pour faire place aux débats de l'horrible attentat, qui ont commencé le 11 mars. C'est ce qui a retardé la publication de la troisième Philippique.

La quatrième sera suivie du procès de la première.

www.ingramcontent.com/pod-product-compliance
Ingram Content Group UK Ltd.
Pitfield, Milton Keynes, MK11 3LW, UK
UKHW020225200726
13856UKWH00004B/1616